超 验 者

The Transcendentalist

刘剑 / 著

作家出版社

写在前面的话

刘　剑

在我这本诗集《超验者》结集成册时，有一个问题纠结了我很久，是再找一位名家给写个序呢，还是自己说几句作为写在前面的话？经过一段时间的思考，我想还是自己说几句吧。

我在上世纪八十年代中期开始写诗，那时候把写诗看作是一件非常美好而又神圣的事情。但有一天，我突然发现常常抬头仰望的天空变得越来越阴晦，一阵凄风冷雨彻底地打湿了我梦寐中的土地，脚下的青春之路也越来越泥泞坎坷。我不愿意让自己的诗歌沾染上过多尤怨和晦涩之气，于是诗歌之途戛然而止。但是，作为一个始终具备着思考和诗性的人，在一个充满着金钱和权力崇拜的时代，我并未完全屈从于命运的摆布，即使有时被逼入一个进退维谷的死角，即使天性中有时也会表露出一些怯懦和病态，甚至产生自我毁灭的倾向，但骨子里总还有一种力量能够唤起我心灵深处的自愈性。这是一种与生俱来的本性，更是一种让自身变得谦逊、温良的神奇的力量。

　　自 2015 年一次偶然的诗人间的聚会让我重拾诗笔，一下子竟然打开了一扇闸门，两年时间，有《微蓝》《短歌行》《海石花》《守望》《他山石》五本诗集先后问世。算起来，这本《超验者》的出版，应是三年时间内的第六本诗集了。尤其是 2017 年春节期间在美国新英格兰地区的一次"超验"之旅，更让我感觉到这种力量的强大和神奇。我像梭罗一样行走。我在马萨诸塞州的文学小城康科德行走，我在瓦尔登湖畔行走，我在列克星敦小镇行走，我在普利茅斯行走，我在科德角遥远而荒凉的大西洋沿岸的累累乱石上行走。我甚至走进了阿巴拉契亚山脉。"山脊与云列比翼而飞，吹向斜坡的风在天空中鼓荡起白云的波浪，遍地糜烂的果酱和腐叶大汗淋漓，我无法向它们一一作别。"在康科德，我为路易莎·梅的《小妇人》而神魂颠倒，也为睡谷公墓中长眠着的奥尔科特、爱默生、霍桑以及梭罗而祈祷。我觉得这里的山水真的就包含着整个世界，正像爱默生所说，"世界将其自身缩小成一滴露水"。

　　我仿佛一个来自中国的"超验主义者"，彻底地摒弃了感性和理性的认识，突然从一片树叶上看懂了春夏秋冬，从一棵大树裸露的根系上认识了世界。我把这里的白云蓝天，这里的风，这里的一切都看成了立体的、可以剪辑的。这与我在中国的内蒙古草原上看到的一群土拨鼠，快速地奔向同一个方向没有根本的区别。"春天的报务员，纯粹的素食主义者，每一天的水和空气，每一天的草叶和谷

穗，都是蓝天下的光，都是白云摇曳的裙摆"。"天
使们在忙碌，微小的生命也在忙碌，无法撼动的海
洋和天空编织着自己的网络"。"桂花树在山坡的另
一侧，风的嗅觉比鼻子灵敏……风车虽然迅疾，死
亡尚未抵达我的山脉"。这不就是一个中国式的"超
验者"的独立思考吗？如果仅凭这些还没有找到知
音的话，那么请你再看一看篇什内的《灵魂之鸟的
歌唱》："一朵闪电被生锈的花朵击中，一万朵闪电
被狂暴的海浪击中，在乌云降临之前，所有的蜜蜂
和阳光溃散于一场狂欢"；《听说你已抵达爱琴海》：
"在雅典娜种下的橄榄树下，听夜莺的歌唱，听爱琴
海的琴声，爱琴海的琴声让盛怒的波塞冬恢复平静，
爱琴海的琴声让善嫉的赫拉心生宽容，爱琴海的琴
声让阴郁的哈迪斯得到开心的笑容"。

行文至此，我想总会有一位知音能够静下心来，
将本集从头到尾看上一遍。当然了，遵照一位先贤
的话，我也并不希望有过多的读者过多地关注本集。
果真如此，那对我本人尤其对我的诗歌，无疑是一
种伤害。"人生得一知己足矣"，如果得若干知己，
岂不更加快哉？但对于那些号称有更多知己的人，
再回首，哪有一个真知己！

如果要让我谈一谈对诗歌的总体看法，其实我
一直认为：诗歌是伴随着人类的生产劳动、情感世
界和梦想的产物，是诗人超经验的心灵的体验。在
这里我姑且说"超灵"。诗与万物在本质上是统一
的，万物皆受"超灵"制约。而人类灵魂也完全可

以实现"超灵"的升华。对诗人本身以及整个人类的文化和精神追求，有着无比强大的诱惑力。她可以使人们暂时忘却现实的冷酷和孤寂，更多地去思考一些超现实的问题，或者说是要追求一个更加理想的王国。（大家知道，人类社会的文明进步，都是在一种坚持不懈的努力追求中逐步完善的。）有时，现实王国与理想王国之间的差距，往往会造成诗人人格或者精神的扭曲和分裂。但是，我本人的想法是，如何在这种巨大的反差中，更好地锤炼自己的精神和意志，自觉地追求一种个体生命，以及对人类整体生命或者说命运的超级体验与和谐。在谦逊与忍耐中，学会在自然的更替和情感的变幻面前保持一种静默的要维持内心与外界的相处和稳定均衡是一桩艰难的事情。

其实，在现实生活中，由于诗人的大脑里大都存在一种特殊编码程序和独特的思维方式，往往并不怎么受待见。而诗人自身的强烈的逆反基因又更加加剧了与周围环境或人事的对立。如何应对诸多错综复杂的局面，不同的诗人会有着不同的应对方式。诗人必须要在与自己心灵的搏斗中学会妥协，学会与世间万物和平共处。换句话说，就是以一种谦卑的姿态领受一切的不可逆转性和不以自己意志为转移的现实存在。如同自然界的一棵树木或者一株小草，根植于大地、遵从着自然的规律：它得学会在四时的变化中如何生存和保护自己。我认为有着更加敏感神经触角的诗人不能因为暂时的挫折和失意而选择轻易放弃。更不能以一种轻狂和暴烈方式结束自己。真正的诗人只能是生命历程的引导者和守护者，犹如漫漫长夜中的一缕摇曳着的烛光，在迎接着黎明时分的万道霞光。霞光映照，烛光熄灭，我们要遵循着亘古不变的法则。

最后我想用法国诗人，诺贝尔文学奖获得者圣琼佩斯的一句话作为结束语："诗人啊，我掂量过你，而且觉得你无足轻重。"

目　录

第三辑

一朵闪电被生锈的花朵击中

第四辑
白鹭的叫床声

第五辑
解散那一片鬼影幢幢的楼群

第一辑

刚出浴的月亮

七月的月亮

刚出浴的月亮　可以直视的月亮

银河系小小的船儿　围绕着地球的小小的火苗

折射出温柔的光　从未伤害过人类

闪烁其辞的娇羞　让我无法触摸

我被火焰灼伤过的双手　依然释放出温热

并不知疲惫

这令我幸福　注视你　如此闪烁

我有着宛若波澜的嘴唇　鲜红如伤口

如带刺的玫瑰

夜空张开的大网罩住无数双眼睛

云彩的血洇湿了月亮的短裙

我要找些岛屿　找些宿鸟　找些罂粟花

你的鸦片　还有一些流苏的光

但愿我能够在你的注目下死去

超
验
者

但愿从我的笔端能够流淌出墨汁一样的浸润
那实质上是笔的伤害　尽管我从未在思想上沦陷过
尽管你对人类从未带来过伤害

这是你的玻璃　这是你的桑拿房
这是你宿命的器皿
令我迟钝　无色　无味　令我在迟钝中发狂

生命中总有着不可调和的山水

你的存在与我的存在
并无本质的区别，却有着不可调和的山水
山与山有那么多相似之处
水与水有那么多相似之处
而我们的存在却无法重叠

河床上永远无法流出两条河来
生命中共存的物质无法融合，却能燃起火焰
每一粒尘埃都能找到归宿
灵魂渴望远游，却总在最近的地方滞留

房间里仍有孩提的印记，窗帘遮住的光线
并不代表流逝的时光，钉子钉不住遥远的梦境

月光随波逐流，它要汇集出一场浩大的山洪
别以为房子是固定的，别以为房子是一成不变的
他要的是随同山洪和泥石流一起流淌的房子
他要的是经得起风雨冲击的房子

去往阿巴拉契亚高地

上山的路与下山的路同样陡峭
一只山羊在躲避着头顶上的金雕
乱石嶙峋、原野之门选择在节假日开启
在阿巴拉契亚高地匆匆赶路

喝一罐原装原汁的可乐、刺激一下
迟钝的味蕾
幽暗的深谷里尽是棠棣和鹿眼树
郁金香在夹缝中尽显妖娆

山毛榉像登天的梯子
越过蓝岭就是大陆性气候了
一群雪鸥更善于捕捉季节的秘密
星条旗比树叶稠密、无论你愿不愿意、大地比
　脸色凝重

浓云密布、低飞的乌鸦比我在中国
北方见到的同类大些

它们即使落在地面也无法让天空放晴
灰蒙蒙的十字架在远处透出端倪

阿巴拉契亚山上的耶稣
你掌握着真理的话语权
我浑身透出冷汗、像个改变了信仰的异教徒
而此时正大步归于超验主义的行列

山脊与云列比翼而飞
吹向斜坡的风在空中鼓荡起波浪
遍地糜烂的果酱和腐叶大汗淋漓
我无法向它们一一作别

在黄昏来临之前、我得收拾起许下的诺言
不知在明日拂晓之前我还能不能离开
而爱默生已经走了、梭罗也已走了
远离风、远离河流和音乐
我该如何安顿好自己?

7

超验者

呼吸着大西洋的风和马萨诸塞的阳光

新鞋子啃着科德角海滩的累累乱石

葡萄园和海岸线将暖流引上

阿巴拉契亚山的迎风坡

大雪堆满了所有的领域

当冬季的鱼群掠过阳光下光秃秃的树枝

我无法抗拒祭祀的颂辞

我要找到印第安人用过的甲骨

渴望打开其中所有的密码

我饮风　饮雪　饮阳光　将双手插入球果松的
　　松针

红枫残留着秋日的花粉

"世界将其自身缩小成一滴露水。"

我想找一个超验主义者聊一聊如何超越理性和
　　感性

直接找到真理

聊一聊新旧世界之间的距离

却看到一大群灰雁逆风飞度　呼啸着冲向苍穹

丈量着我心中新的圭臬

前往康科德

迷恋被落日映红的闪着粼粼波光的
瓦尔登湖的远岸
迷恋山岗之上即将入眠的康乃馨
迷恋那座密林旁梭罗居住过的小木屋

为路易莎·梅的《小妇人》而神魂颠倒
为睡谷公墓长眠着奥尔科特、爱默生、霍桑以
　　及梭罗而祈祷

一个来自中国的"超验主义者"疾步穿过嬉戏
　　的花径
欲追上一只迅疾飞出树林的乌鸦
却奔上了梅里麦克河上的一座木桥

钟声敲响、灰雁翔集的沙丘蕴藏着
乌云中的闪电
康科德河也会赶来
两条河在此相会绝对是个好主意

基督降临、没有解决不了的争端
掉进鞋子里的沙砾已摩擦得炽热
坐在一块花岗岩上把沙砾倒掉
然后继续走路
发誓要走进一方净土

致梭罗

残雪覆盖着枯草

离开喧嚣的城市寻找简约

寻找一张清静的单人床和一畦菜地

一支笔舞动出飞鸟

划过蓝天，小舟一样深深植入湖心

暮云压弯了树枝

蘑菇在密林的臂弯里生长

树根下有蚂蚁的巢穴

像梭罗的小木屋

成群的蚂蚁进进出出

驮回吃的，驮出垃圾和残骸

而梭罗只有一个

如浓密茂盛的树冠

长满新英格兰的天空

生活碎片

雨后放晴，阳光打开了阴郁的一页

树荫下走过的两人　熠熠闪光

梧桐树弯曲的枝柯

它要攥紧两个人的生活

磕绊和争执时常会探视进来

牧场里的牛羊时常会走失一些

墙壁时常会被雨水洇湿而斑驳陆离

茅草覆盖下的粮食也已开始发霉

厂房破旧布满污渍

铁锁的锈迹已让钥匙无法进入

铁丝编织的篱笆会嘲笑插满碎玻璃的墙

阳光过后依然是雨水

涨水的池塘汇聚起一场风暴

蚁巢倾颓，王朝土崩瓦解，辉煌远去

她的神龛变成一堆杂草

鹰翅掀起的风暴，这里曾是一片红色的帝国

超
验
者

七月勾画出的轮廓，模糊季节的边界
沿着夏天的绿荫我们又将
拥有一个什么样的神明
令人心驰神往？
但大多数的时候我会把真实的自己
偷偷藏匿起来

一棵树的命运

门洞大开　梧桐树的手指冰凉

一把钢锯在锯齿着树冠下的年轮

一只蜥蜴在树叶的背后咀嚼着智齿

地下深埋着磐石

挖掘机日夜不停地工作

在我头顶的横梁上，珠宝和古董

被白蚁的帝国收藏

如果仲夏的暴雨将高耸的树冠压弯

我愿将所有的雨水收集

让树代替天空，代替乌云，甚至让它们代替雷暴

我不会说出树的年轮，至少树比人的境遇要好一些

它永远不会说出曾经遭遇的痛苦

甚至连想也不会想

有时候人的感叹还不及一块苍白而

斑驳的树皮

感叹无用，祈祷也不见得有用

超
验
者

我们虽与树一样深深根植于泥土
但内核千差万别，一棵树的核心
是人类永远无法想象的
奇迹往往就在松鼠们的快乐中体现
人们好奇，我真的很庆幸还会有那么一份好奇
这是我不会放弃希望唯一的理由

无所谓世间的公正与仁慈

白昼和夜晚的转换只在黄袍一脱一穿之间
太阳的呼喊，月亮的呼喊，哪怕是星星的呼喊
它们只在同一个天空下发生
无所谓公正和仁慈

炽热的火山在短暂的真实中形成的绚丽景象
使岩石变成了玛瑙，大海变成了巨龟
令人眼花缭乱的珊瑚长满龟背

山口蓝色的疾风吹乱了满山的碎石
山羊走失，山雀产下金蛋
径直上升的海面流淌着诸神和雕像

头伏的太阳脱掉了摔不烂的破毡帽
毒辣劲赛过泼妇骂街的嘴
阳光蛀空的石碑随着废墟一起生长
无所谓公正和仁慈

超
验
者

夜空葱茏大地沉寂，琴声笼罩着生命之水
谁在主宰颂歌、舞蹈、城市和乡村
谁在熄灭清晨的鸟鸣和那满天的繁星
岩石将我们交给衰老的土地和衰老的大海

我们复活，带着仙人球一起复活
睥睨四周，伸手可及的事物少之又少
这里有以上的事物足矣
无所谓世间的公正和仁慈

赤裸着贞洁的岛屿

是谁将我种植的金钱橘移栽到了红色的星球
是谁将我的元宝树植入了无花果的基因
带着复活的果实，带着童贞
带着太阳的烧烤
漂泊到一座无人的荒岛
去寻找我的赤裸的情人

我的情人虽然赤身裸体
但她身披霞光，身披大海的颜色
并长着一颗张满风帆的心
那是静谧的佛塔。那是肃穆的教堂

我要在荒岛上垦荒、煮盐
用阳光种下绿荫，推开海岸
用翠绿的赤松造出一条小船
风浪大时把它和我的情人一起
藏在绿荫之下

超
验
者

风平浪静时，用阴影编织常春藤
鱼儿自然汇聚在我的麾下
打开身体，海神降临
海水漫越峭崖

冬季的日常生活

一

风转向时暮云也跟着转向
风帆转向时帆船也跟着转向
路面湿滑，如果急刹车
车辆也跟着转向
最初的目标如果发生倾侧
内心的航线也会跟着转向
车辆侧翻，航船倾覆
从日出到日落，我想说的还远远不止这些

二

寒风中的人们包装得很完整
像一包包商品
大都在日落前把自己快递到家
也有地址不详者
被任意散落于桥洞或楼角处
一堆堆包装破损无人认领

三

燕山以北在下雪
太行以南在下雪
唯独北京万众翘首
在等待一场雪
像等待一场月光
洁白无瑕，令人神往

四

冬天不打雷，雪花飘舞
到处布满白色的闪电
树枝被压弯但不会折断
终有浓郁的松香和翠绿
坚守着初始的韧性

五

黑乌鸦落在雪地上
它掩盖不住雪地的白
就用歌唱代替
雪花漫天飞舞，歌唱仍在继续

六

不怕冷的小鸟从鸟巢探出头来
一枚鸟蛋正显现
要代表真理充当一回玉髓
鸟巢高挂树梢变成高音喇叭
它要播送一条新闻
但世界正关门闭户，无人倾听

七

真理与谎言，星辰和鸟鸣
随寒潮侵入半岛
暗哑的海岬显得落寞而冷清
辜负了大海的繁华

八

北风一阵紧似一阵
行人一拨紧似一拨
脚印越走越少
最后夜色收拾起了它的洪荒

九

石桥蹲在冰面上动弹不得
小船爬在冰面上动弹不得
万顷的湖面被冰盖着
谁能将它掀开

十

有人在等9路公交车
前一站就是莲花桥站
天空无缘由地打了一个闪电
这在冬季有点无厘头
接着天空暗了下来
该下车的人竖起衣领急匆匆下车
继续赶路的人迎来了车厢内的灯火
我想多坐一站
冬天也许会提前过去

第二辑

太阳被分成了十二个花瓣

在草原　去赴一场土拨鼠的盛宴

草原土拨鼠稀疏的毛发在稀疏的草丛中不寒而栗
雄鼠的荷尔蒙像草原低矮的阳光照亮雌鼠
发情的会阴，生殖的欲望瞬间笼罩了草原

在草原　我想把所有的星星都变成月亮
我想把所有的月亮都洒进额尔古纳河的粼粼波光
用脊梁支撑起岸边的一座城市
——额尔古纳
并一起去赴一场土拨鼠的盛宴

土拨鼠的洞穴车水马龙
春天的报务员、纯粹的素食主义者
每一天的水和空气。每一天的草叶和谷穗
都是蓝天下的光，白云摇曳的裙摆

餐桌上的蒙古王和全羊
我的味蕾像草叶与草叶、花丛与花丛之间传播的花粉
与那些死去的牛羊相比
活着的感觉宛若草珊瑚的枝丫

超
验
者

　　　每分、每秒我们饱满的青稞和燕麦

　　　永恒的主题。世间万物在此集合、繁殖、纠结

　　　或欢呼雀跃、或静止不动

　　　太阳被分成了十二个花瓣

　　　并不存在清晨、中午和黄昏

　　　只有土拨鼠稀疏的毛发闪烁着同一种语言

黄花沟地质公园

好心的草原，好心的黄花沟地质公园
阵雨间歇性发作，天空的形状
经过上亿年演变到现在变化并不很大
"天似穹庐，笼盖四野" 的六边形依然是六边形

白云正从我们的头顶飞过
形状与上亿年前一模一样。飞鸟似乎减少了一些
这个世界有那么多风花雪月

牧民手拉缰绳　胆小的游客骑在踱着碎步的马背上
马儿也习惯了这个快速变化的世界
它们绝不像风驰电掣驰骋疆场的祖先们

奶茶里的风暴不过只有阵雨的工夫
好心的烤全羊被两个人抬上了餐桌
它与好心的草原、好心的黄花沟地质公园是那样的
　　不谋而合

这样的风暴被暂时地释放出来
草原上的人依然相信长生天的力量
倒退到黄花沟的累累巨石的根部
白桦林悬挂着碧绿色的叶子
如蝴蝶的轰鸣

马儿每天驮着那些懒汉、其实它们
并不轻松
有时会利用吃草的空隙，长嘶一声
圆圆的毡房上空透出金色的穹顶
过去的历史隐藏在长长的阴影之下

在岱海

在乌兰察布的岱海、透过粼粼波光

我曾是草原上那片午后的白云

因苍老退出了蓝蓝的天空

好像出自山坡、出自晚风

出自湖面无数浪花的堆积

现在这一切都陷入了平静

暮色降临之前、我们要安顿好满身的喧闹

或许是湖边灌木林里的鸿雁的叫声

染绿了葳蕤的糙隐子草

或许是一窝小沙鸡的鸣叫惊散了密布的乌云

在下陷的沙和上升的草的高原

一座以"山"为底座的"海"

让我想起了它举足轻重的分量

内蒙古博物馆

一阵狂风骤雨之后
自然界中有多少生灵在逃难
不要说是传说中的撞击地球的小行星
能逃难的最终重获新生

而人类只会在战争或者动乱中才会
逃难
世间的爱、唯有性爱是源头　还有苹果和蛇
这是丛林法则和一切无节制的杀伐
无法战胜的

天使们在忙碌　微小的生命也在忙碌
无法撼动的海洋和天空编织着自己的网络
冰层内有三叶草和草履虫的蠕动
恐龙与披毛犀的骨架
蒙古鼻雷兽与谷氏铲齿象的化石
能瞥见史前的那令人遐思的秘密
是我难得一次的窃喜

在游客看来，那没长羽毛的鸟和长着双翼的恐龙
无疑是一个物种进化的
能生出一代天骄的高原、一定是壮阔的磅礴的高原

看着我、正是这演绎敬献哈达的温柔的蒙古女子
看着我、正是这表演马头琴和长调的蒙古汉子
讲解着这里的苍茫和辽远
讲解着这里的烽火和飞天
给天使们听、给孩子们听
给有知者、或求知者听
给心灵想得到一丝慰藉者听

诗歌　没有疆域的帝国

我的帝国不同于罗马帝国　不同于

奥斯曼帝国

更不同于第三帝国

我的帝国建立在我心中最为险峻的沟壑

我的帝国没有帝王　没有军队　没有警察

只有诗歌和一个王妃

我的笔权做一杆节杖吧　不然这没有疆域的帝国

叫我如何去把握

仅仅一杆节杖

我的帝国只有汉字

没有臣民　我把它们组成长短不一的队伍

就把它们读成天空　读成大海　读成高山

读成草原　读成森林　读成竖起的悬崖峭壁

如果有黎明的话　我总觉得黄昏和落日

永远比黎明庞大

如果有春天的话　我总觉得漫长而凛冽的冬季

永远比春天庞大

我的全部的热情就在于开辟这没有

疆域的帝国

我还要塑造一些完美的人

让他们专心致志于公益与慈善

享受着幼芽发青的舒展和绿枝临风的荡漾

2017 年 7 月 18 日

夜晚　一个人对着转动的风车发呆

波谷浪尖坠入陡峭的尖叫着的桥
落日无声无息
星星越过灰色的墙、院落阴森
谁的旗帜在飘舞？但眼睛是看不到的
黑幕扼杀了仅存的光线

桂花树在山坡的另一侧
风的嗅觉比鼻子灵敏
我的阴沉沉的凝结着天籁的耳朵
仿佛什么也听不到
高高的挂在巨大的风车的叶片上
绞杀着夜空的宁静
如一条对影子异常敏感的牧羊犬
狂吠着无言的惩罚

此时　我并未在意远逝的河流
我的双脚如一条行将沉没的驳船
它满载着过期的船票

在风雨飘摇的廊桥上剧烈地摇荡

远处　一群逐水草而居的人正在加固着毡房
风的触觉在荒野匍匐前行
我的世界并未扩展、我的内心有着涂鸦画派般
　的忧伤
风车虽迅疾　死亡尚未抵达我的山脉

伏羲八卦台

混沌初开、来自天与地的一阵痉挛

血迹浸润着泥土、一只巨大的脚印

竟能让美丽的华胥氏受孕

十二年一个轮回与八千年一个轮回

并无太大的差异

人首蛇身的伏羲坐于方坛之上

听八方来风、蚕食着天际的彩虹

八卦图衍生于河图、洛书

世间万物的秘密皆蕴自八卦之中

其中的玄妙竟被德国人莱布尼兹破解

二进制和电子计算机的始祖

中河失船、一壶千金、匏析成瓢

我踏水而过、如蹚水不没的龙马

在篝火与石器间迅疾翻转

从结绳记事到结绳为网再到互联网

一个独坐电脑前的网虫一只手叼着

烟卷、另一只鼠标手蜷伏着

中河失船、一壶千金、瓟析成瓢

我踏水而过、如�路水不没的龙马

在篝火与石器间迅疾翻转

从结绳记事到结绳为网再到互联网

一个独坐电脑前的网虫一只手叼着

烟卷、另一只鼠标手蜷伏着

如独坐方坛之上的伏羲

只是臀下生疮、四肢和双眼严重退化

不知是伏羲遗落人间的哪一支子孙?

别了　莱昂纳德·科恩

——写给二〇一六年十一月十日
辞世的加拿大著名游吟诗人、
民谣歌手莱昂纳德·科恩

有人说你的声音像来自年久失修的

地下道

低沉地铭刻着时间的深度

有人说你的诗歌灵感来自于窗外突然架起的电线

这令人烦恼阻断视野的电线上

却有着神态自若的鸟儿在嬉戏

而你对自己的歌喉从不满意

那些涂鸦般的歌声。那些需要派一支

私人军队去攻打的日落大道的录音棚

烟雾弥漫　纸醉金迷

像午夜唱诗班里的醉汉

乳房与性、你沉湎其中、毫不忌讳将庙宇与性一

　　起谈论

绅士和嬉皮。前世的修行者和今生

美丽的造孽者

屡遭挣扎重获自由的心灵

自怜又自恶、愤世又犬儒

午夜的安慰剂。天地万物的鸡尾酒

你在女人的肚皮上写满了孤独

你甚至能为年轻的尼姑谱写一曲情诗；

"时光如此甜蜜地解决了我们、你为爱而死、我

　死而复活。"

一张铺满诗意的床。孤独的肉体日渐凋零

而你却预定了一艘不会返航的船

风雨锦溪

风不可能这样无休止地吹
雨不可能这样无休止地下
阴郁天气也不可能这样一直延续下去
天空蓝起来才是正常的
夏季的水面落满阳光才是正常的
天鹅在沼泽中觅食
一行白鹭从瑟瑟的芦苇边飞起
船娘边摇橹边用吴侬软语唱着昆曲
这一切才是正常的
"江上往来人，但爱鲈鱼美。"
鲈鱼的昆山话似乎比鲈鱼的味道更
鲜美
偌大的一片水面究竟叫"湖"还是叫"荡"？
船娘的普通话真的好难懂
鸬鹚想纠正鲈鱼的昆山话
真是找错了对象
其实越是自然的才是正常的
在我明日离开锦溪的时候
一列高铁是南下还是北上、我仍在踌躇不已

出　行

由于东方的太阳并未如期出现

我们的行程因此被推迟

道路上的喧嚣和急促的笛声以及白色的斑马线

　　刺激着视觉

孩子们都准备好了、行囊鼓鼓

装满了游戏和奇思妙想

儿子在门口大声地喊：

"爸爸，你还在磨磨蹭蹭、当心误了航班！"

我说："半夜三更我已收到短信，

航班延误，我们已获得改签。"

"嗨，"儿子继续说，"我们为何不乘高铁呢？"

哦，这是个不错的选择

写给一位唯心主义者

大地的色彩均来自最原始的矿物质的颜料

在原野上胡乱涂上几笔、已初具大师的雏形

那位过早下结论的唯心主义者

往往在许多方面都自视甚高

事实绝非如此、他离开天堂旋即就会下到地狱

而唯心主义者其实一直在地狱挣扎

他的目光总停留在女人坚挺的胸部

他时常把月亮也看成是女人的乳房

那些乳房在下半夜开始下垂

我的眼睛像星星一样闪烁、充满着宇宙的尘埃

鲸群开始布满天空

窗台内的盆栽康乃馨开始向窗外张望

隐身于礁石下的刀锋是否会与黎明一起降临

入夜　我总会看到一些死去的事物

她死了、不是说天使永远不会死去吗
我再也不相信以讹传讹的传说
即使女皇也会死去、不要说天使

黄昏后的林枭从高高的树梢急速俯冲
它捉住了一只野鼠
一只孤独的身背黑锅盖的野鼠
世界并未表现得惊慌失措

灵魂比苦难强大
红辣椒成串地挂在已经熄灭夜灯的
屋檐下
墙面斑驳、像饿死的天使
朋友们纷纷背叛、而我能给予天使的
只是缄默

其实、在内心深处我也曾将她们一一辨认
像从沙滩上捡起的一粒粒卵石

超
　验
　者

需要拿去找珠宝专家鉴定
鼓起腮帮用力一吹、说不定就会成为价值连城
　的宝物

一阵夜雨让树枝变得不太安分
雨林里飞出秋蝉
它们放弃了树叶和喧嚣
接着放弃羽翼和孤独、接着进入泥土
它们在迎接着死亡、用一种伟大的近似涅槃的
　方式

2017 年 8 月 27 日

午后　去见一位陌生的人

午后　我在读一本从未读过的书
然后去见一位从未见过的陌生人

一位很有涵养的年轻人的形象
在我的脑海里一闪而过

我要把他记载下来
我要把一些语言的碎片编织成花篮
构成不必交谈的时刻

假如我要见的是一位女性
一位想象力丰富的女性
她天生具有河流的属性

超强的感知会让问题变得复杂起来
河流流逝　然后加固
堤岸剥落　然后饥饿消瘦

超
验
者

只有破损才有罅隙
并依附了某种天然的规则
依附了某种充盈的感觉

2017 年 9 月 5 日

被某个特殊时分所蛊惑

他们正在进入状态

他们的手臂在发挥着关键性的作用

如芭蕾舞女的脚尖溜行于舞台

唇和手指并用、好像要把各自的身体翻遍

满脸的潮红、肉身喝醉了酒

这迷失于荒野的孩子、这被母亲抛弃后又找回
　　的孩子

这准备到上帝处报到却被上帝拒绝接收的孩子

时光静止、冰山顷刻间融合

到达沸点的水与到达正午的阳光

它们并没有带来热和光

这冉冉升起的不止是身体

精神的信徒、情欲的信徒

是专家、是教授

是纯粹的无神论者

超
验
者

他们是在拥有了整个磅礴宇宙后的
孤独

相伴的不仅仅是被单和绣衣
还有一个虚空的弥撒
被误作成唯一的真理
抵抗着一生中最美好的时光

2017 年 9 月 8 日

七 夕

今夕七夕、青灯黄卷、枕边脱落的
白发
疑是某位神灵撒向人间的琼枝
想找一位心仪之人共度今夕的夜凉
可身体却被饥渴感啄空
内心的战争一宿未停
天明、面部依然布满洗不去的迷惘
入秋的花蚊子不顾一切了
它们在我迷惘的面部又印上几颗吻痕
红肿而硕大、有着不输于人类的贪婪
地球在这一天也停在了鹊桥之上
仿佛对所有黑暗中的事物守口如瓶

2017 年 8 月 28 日（农历七月初七）

雾灵山的雾

八月底的这里
换季的频率比北京城快
未登巅峰之前
导游就叮嘱一定要穿上厚外罩

未及半山腰
我就感到寒气如这扑面而来的浓雾
中巴也欲登顶
在接近歪桃峰的地方
施工工地已将这里破坏得千疮百孔

云雾翻滚
像滚滚滔天的怒气
我真的要折服于一段名不虚传的故事
坚硬的海水被岩石代替

倒伏的白桦东躲西藏
群松也成过客

山楂树、核桃树却成了宝贝
凉爽的气温使我深深情迷于密林深处的胭脂花

清凉界碑突然欲拔地而起
来了那么多学者簇拥着它、仰视着它
它却像一朵无法张开的大蘑菇
而在这时、我被告知：

山有多高，水就会有多长
在我身后墨绿色的泥土中
生长出一道霹雳般的彩虹
如利剑正刺破天空

2017 年 9 月 1 日

梦回故居

故居在明月的映照下发出独特的
光芒
它是故乡唯一闪烁的语言
一本笔记栖身其中

陈旧的岁月散发出一首诗的气息
窗棂已许久没有灯光
长剑锈蚀、在阴暗斑驳的墙壁
剑穗悬垂着一连串的叹息

乌鸦披着黑纱在夜间游荡
夜晚像是用黑刷子又漆了一遍
两只小兽昼伏夜出、喋喋不休地谈论着人世的
　　冷暖与艰辛
它们贴着每一缕风聆听
贴着沉默的人类聆听

以一种遁世的姿态

弧形地平线上镶嵌过金边

现在、所有的物质都变得模糊不清

情绪越来越不稳定

只有鸦群绽放、风依然没有止息

树林罚站、喑哑的琴声被点燃

盗火者举起了火把

烟雾与光明一齐升起

伴随着乌鸦眼睛里发出的幽光

深埋多年的种子破土而出

门窗生锈、屋檐下荆棘丛生、落满流浪的故乡

被故去的母亲一句浓重的乡音击中了胸口

轰然倒在故居破碎的瓦砾上

第三辑
一朵闪电被生锈的花朵击中

灵魂之鸟的歌唱

我的灵魂之鸟紧紧围绕着你
以天使面目出现的人
我要永不停歇地向你歌唱
你要压迫就尽管压迫
我宁愿像土地一样被压在你的身下

即使透不过气来
即使久旱的天空永远不要降下甘霖
即使皲裂的大地永远不要承接阳光

哪怕点点滴滴　不要　坚决不要
你要渴死天空和大地
在夜晚　你不要月亮出现
你还要违背月盈月亏的潮汐
我在暗哑的土地遇到了你
一个主宰　一场沉寂的风暴
随时可以吞噬我们的命运和未来的
河床

即使春天的花儿不再开放
你要四季都按照你的旨意排列
你常在深夜带着一缕游魂出走
背离用旧的一切
眼睛里布满着火烈鸟的倩影

我已被挤压到悬崖的边缘
我已经退到了世界的尽头
我已停止了呼吸
但还不敢立即死去
在四处逃散的灰烬中我看到了松香
仍在燃烧

专注于自己、专注于内心
早熟的稗子　未长成的玉米
是泥石流　是山体滑坡
是即将生成的海啸和台风
我被彻底消蚀　从血肉到骨骸

哪怕是黎明时残留发际的一滴露珠
我陷入悲苦的沧海徒唤奈何
我骨子里仅存的一丝血性也已消蚀
殆尽

在轻盈的睡眠中迷失方向、本就没有方向
迷惑于自己编织的图案　沉沦于自己的荒野
像一只潜伏在灌木丛中的母兽
随时准备伏击进入自己视野的猎物

在一个朦胧的晨昏　一种声音隐藏于一个更加
　　阴郁的角落
在彼此都很寂寥的一隅　有死神的魂灵在飘荡

我尚未死去　但比死去还要窒息
我想远行　我想将自己置于一种漫长的旅途中
但我仿佛再也醒不回来　就像在更为
遥远的地方　有魂灵在昭示着未来

而未来是那么的茫然

我已不再寄托什么希望
只是还有光环在我的脑际萦绕
在我的脑际　也在你的脑际
这种光环有你我的血液
我们无法抗拒　更无法将它分开

它已形成一种强大的气场　它能裹挟着世间万
　物旋转
宇宙就在其间
这不算什么　宇宙不过是其间的一段流水
而流水转瞬即逝

是谁在制造痛楚　难道天使也会制造痛楚
假如我知道这痛楚为天使所造
我宁愿将它当作佳酿品尝
除非你将罪过看得比功德还重要

除非你将汹涌着巨浪的海面看作
翻卷着乌云的天空

一朵闪电被生锈的花儿击中
一万朵闪电被狂暴的海浪击中
在乌云降临之前　所有的蜜蜂和阳光
溃散于一场狂欢　所剩无几的时光
还够不够你恣肆的挥霍　在人们熟悉的四季间
即将枯萎的花园仍在行走

尖锐的声音穿过翅膀　像觅食的秃鹫
假如有女神　你怎么容忍自己不是那女神
而我的灵魂之鸟依然围绕着女神歌唱

造就了诸多的不幸的岁月
我无法选择逃逸的波浪
我无法选择那依依惜别的小草
譬如朝露　如何从朝阳的手指间迅速地滑落

超
　验
　　者

一个富有天使的光鲜的名头
强烈的征服欲让你的眼睛迷失于旅途
若要返回谈何容易

但愿我们能够找到丰收的葡萄
那种纯粹的丰收的葡萄存在于我们
共有的沃土　它是那么的隐忍和圆融
仿佛勾搭在肩背的手臂或者散落于发际的牡丹

如果没有魔鬼　我怎能允诺我的心中
有这女神
如果天使能让癫狂的梦魇复于平静
唯愿我能够找到一丝慰藉
哪怕即日死去　我也希冀人性在河流与河流之间
山谷与山谷之间复活

2017 年 6 月 21 日，9 月 13 日改

血色记忆
——腾冲国殇墓园凭吊

在这里、我不向题词低头、不向琉璃飞檐
不向雕梁画栋低头
战死者是唯一能够让我低下头颅的人
墓碑呈队列状、只等一声令下
即刻再次奔赴战场

霏霏细雨未能阻止我的凭吊
高大参天的树冠在为英烈们遮风挡雨
而当年的枪林弹雨却浓缩成了我手中的一根拐杖

我试着怎样与死者交谈、交换着彼此的信息
甚至想把微信也交给他们
前线并不遥远　士兵们仍在怒目注视
大门一侧的"倭冢"里仍散发着血腥和杀戮

一位远征军士兵被砍去的一只手臂
手指深深抠进一个鬼子的眼窝
那只手臂早已长成一棵大树

超
验
者

在来凤山的山脚、它生长得并不孤独

叠水河还在流淌、密林深处好像还有感人而又
　悲壮的故事
墓碑覆盖的躯体和灵魂能够生出鲜花与巨树
战争尚未走远

为了每一个自由的灵魂在这空寂的雨林自由地
　生长
请记住那些精雕细琢的墓碑
请记住那些已经模糊不清、但依然
闪闪发光的名字

一阵风吹过、无数只叶片像是那位
远征军士兵的手指
沙石草木一一被占据、被燃烧
轰鸣与悲怆交织、破碎与完整交融

碧血千秋、题词与挽联并不能超越
真理的部分
世界在张开无底的深渊
向着惨绝人寰的罪孽输送死亡

诗句是我此时唯一能够说出的语言
它们胀破血管迸发出来
虽不成熟、仍被我征用
也呈队列状、随时听从冲锋的号角

等　你

九月的最后一天对十月的第一天说
我在下一站等你
季节的皮肤干裂、姗姗来迟的秋季对即将到来
　的冬季说
我在下一站等你

打破的瓷器沿着山麓行走
土地一整天都在呻吟
海水闪着蓝光、对着冒火的山麓说
我在下一站等你

一个充满疲惫的旅者身背行囊
一路行走一路采集着植物
全身挂满信念的勋章
他对我说：我在下一站等你

秋天　我悄悄地对自己说

秋天　一个具有标志性的季节
它可能成为我生命中的分水岭
或者是我中年向老的一个标志
注视眼前的落日、我的松木已呈溃退之势

小溪清浅、一只脚已经深入大海
幼儿园门前的老妇人双臂交叉
紧紧地托衬着干瘪的乳房
"弃我去者　昨日之日不可留"

一缕恐慌袭来、我双手握紧老拳
欲将她满腹的幽怨和伪装击退
谁的包裹被弃置于路标之下
反正路标不会说话
更不会签收这来历不明的馈赠

遇见艳妇也不会冲动了
只能闭上眼睛想象着痉挛的天空

超
验
者

如何被白云打败
琴师拨断了琴弦
为什么人会越老越蠢啊

瞬间、我的周围聚集了越来越多的
蠢货、再加上一个更蠢的我
默默地相信了嫦娥奔月的神话
广场上音乐响起、连路灯也显得是那么的愚蠢
我只能悄悄地对自己说一声：
明天再见

我在月光下等待着一位失意者

月光映照在山脊与农庄的屋顶

小溪与后庭不在其中

说好的约会、她却不来

我等到的是花墙外八月桂姗姗而来的花香

月影在动、脚步惊动节气

大地铺开所有的秘密

一堆乱石袒露出世界细小的波浪

纹理清晰可见、像失约者身边的往事

没有提及的事物在夜晚变得暗淡

我只欠一朵玫瑰的爱

一朵玫瑰的爱足以抚慰平生

谁能让耀眼的月光变蓝

谁能让一枚百合开花并生长出月亮

谁能让我业已破碎的生活重新复活

明天太阳将会继续消沉

超
验
者

　　时间只是月光的赞美者
　　明月高悬、其实它是一只古老的耳朵
　　善于聆听、也善于播颂
　　而我在这聆听和播颂的神曲中骤然皎洁如月

从安徽老家自驾返京途中遇雨

车过济南，暴雨追着汽车在高速公路上狂奔
盘算着到德州稍息
但接近德州服务区时，车子却无丝毫的减速

我突然觉得雨点充满温情地打在挡风玻璃上
已是晚上的十点钟了
到沧州服务区该休息了吧
音响设备的歌唱是降央卓玛的《雨中飘荡的回忆》

歌声飘向黑莓般湿透的天空
右脚吸食着油门
它已将胃的饥饿感驱赶到了千里之外
沧州瞬间掠过

尽管我曾饱含深情地朗诵过李白的
"兴酣笔落摇五岳，诗成笑傲凌沧州"
此番不经意间错过
多少平添了几分感慨

依然是降央卓玛的歌声

《那一天》《走天涯》《泪在投降》

天津也和沧州一样瞬间掠过

前方就是北京了

我突然感到：汽车已抵达心脏跳动的位置

圣母百花大教堂

红色、绿色和白色的几何形图案
和巨大的浮雕
像旗帜飘扬在佛罗伦萨的天空
除此之外无论多么虔诚的信徒都
没有动摇我的灵魂

我的灵魂不属于高尚者的行列
同时也无法开启卑微之门
历代主教的遗骨在神龛下排列
都变成圣人了、但依然在灰暗中
等待着光明

雕像们没有灵魂、它们与广场上
的石椅、石凳没有两样
我真的后悔游览图不该与钱包放
在一起
小偷与信徒与游客混杂

超
验
者

时时刻刻的盗窃与时时刻刻的
祈祷
我不知该防住哪一方
红房子绿房子上的尖尖的穹顶
所有的鸽子在这里避难

乌鸦们也变成了帝国时代的狱警
漫越蓝蓝的天空、我看到了红色
的云彩和紫色的灯光
映照在所有通往教堂的路上

穹顶之下、乔尔乔·瓦萨里的
《末日审判》和米开朗基罗
的《圣母怜子图》
这对稀世珍宝不知什么时候
被摆在了货摊之上

摊主金发碧眼、涂脂抹粉、袒胸

露背
撑着一副毛茸茸的双臂、像一位
意大利名妓
或者就是那位"花之圣母"吧
看，她正微笑着向我招手

等 待

一切该到来的事物兀自到来
纵然有的姗姗来迟
譬如朝露、譬如爱神
譬如不点自亮的灯泡和黄粱一梦

星星们自觉地排列在我梦境的滩头
等待着撤退、等待着明日的阳光
闪耀着再次进入我的睡眠

霍金离去

当霍金说些什么的时候

全世界都在聆听

当霍金在这一天离去时

全世界都屏住了呼吸

仿佛《时间简史》也停止了

但是 有一件事令人欣慰

就是霍金出生的日期与伽利略去世的日期相同

这使我想起在中国西藏的宗教习俗

寻找班禅或者达赖去世后的

转世灵童

据说这个爱用轮椅轧其讨厌的人的脚趾的人

曾轧过查尔斯王储的脚趾

当他准备轧首相撒切尔夫人的脚趾时

幸亏女人比较灵敏及时地躲开了

如今 他驾着轮椅驰向了茫茫的宇宙空间

他要在那里找一个他想轧的人

而我在地球上也在找一个

爱用轮椅轧人的人

2018 年 3 月 14 日

哀洛夫

洛老先生　我知道您这一路走得好吃力

从大陆走向台湾　从台湾走向北美

大地

又从北美大地走回台湾

数度往返于台湾与大陆之间

廉价的鱿鱼干该嚼还是要嚼

但有诗下酒　有您抓起的一把鸟声

下酒

有醉后更高、更蓝的天空

有最静、最温婉的那朵荷

您走了　走了一半又停住

有人呼唤您

您说有黄昏落叶挂来的冬天的电话

太阳要打瞌睡

这次是晨风吹来早春的微信

说您是真的走了

“此番去也　纵千万遍阳关也则难留”

然而那依然维持着的弥留时的体温

那枯萎后的玫瑰遗存的馨香

使我忆起与您相聚时并一直被我捧着的日子

使我想起那台湾海峡殷殷思乡的

落日

这里有从三月桃花雪中释出的冷肃

有无需鸽子作证的安详

有月光与父亲一样的温馨

整个午后　我都在我们曾经一起坐过的沙发上

默默地咀嚼着满口的哀恸

哦　洛老先生

我看到您举起层岩　我看到您举起荆棘之冠

我看到您举起火焰中的钢铁

我看到您举起血液中翻滚的麦穗

您用您巨大的死托起了漂木

托起了塌将下来的沉沉的天空

只为寻求一个关于诗歌的答案

2018 年 3 月 19 日午后疾草

第四辑

白鹭的叫床声

塞堪达巴罕的燧石

一

千里松林，美丽高岭，岁行秋
木兰围场
是谁在滥用你的葱郁和丰饶
是谁在一夜间将你退化成高原荒丘
千鸟无栖树，黄沙像结痂的癞皮
磨破宁静悠蓝的天空

曾经黑亮的眼睛在祖国的北方
变得昏暗而混浊
那些动荡的岁月
是父亲母亲兄弟姊妹遭受
砍伐和掠夺
甚至焚烧的岁月

一条巨龙，像一幅破碎山河的残卷
被无数赤子，渐次收拢重新临摹

当她的光辉在人们的心中
再次闪现
那是春天与燕麦的结合
那是金莲花与阳光的结合
我内心的风暴
像夜晚的藩篱一样被拆除

二

整个世界就如同一座塔
或者一座湖
信奉绿色精神的人
崇尚绿色家园的人
他们要将本属于这里的先知们
彻底地复活

让落叶松樟子松
让云杉让白桦

让椴树让梅树
甚至让这里的豺狼虎豹
重新聚拢
让它们尽情地繁殖
并且阵容更加庞大
猎士五更行
千里列云涯

将她的秋黄搁置一旁
将她的隐晦和嘶哑
搁置一旁
推动勒勒车的手
是改变世界的手
一把把铁锹
就是一面面旗帜

三

于是、从山里红的根系

带来它千年的露珠

在青油油的树枝上

留下祖先的胎记

在冬季光秃秃的额头

铭刻永恒的密码

人们欢快地相聚

他们唱着歌、他们跳着舞

他们饮着酒

热气腾腾的山坳里

一代代植树的人

将林海向着远方无限制地延伸

心到哪里、林海就到哪里

把树根植于干裂的土层

植于地质的黄金岁月

让荒山野岭说话

让深沟高垒说话

让脚步丈量着天地
却不计丝毫的报酬

人性的善良与慈悲
人性的忠贞与不屈
人性的坚韧与执着
人性的正直与勤劳
让百合花深植其中
让小如榆钱的龙耳蘑
或大如蒲扇的"天合板"
深植其中

四

白蘑、蕨菜、金莲花
它们的前世来自于塞堪达巴罕
的无数的生灵
它们从远古的松涛声中

连绵不断地涌来

有大如蒲扇的"天合板"
有小如榆钱的龙耳蘑
有菌香浓郁的鸡爪蘑
有清雅味纯的小草蘑
有状如伞盖的常态蘑
有形如团丸的异性蘑
可做卤
可剁馅
可调汤
可配菜

蕨菜雅名如意菜
幼芽煲汤更可爱
塞外黄花如纯金
漫山遍野似织锦
可入药、可制茶

可别在姑娘的发际
充当滋养爱情的良药

再吃一碗猫耳面
一不小心、竟忙不择路
闯进了塞堪达巴罕的心房

五

草是前世的树
树是前世的草
在荒漠中行走的人
遇到一棵草
犹如遇到一棵树
一棵遮风挡雨的树

我来到这片高原
望着眼前的绿油油的青草

和一望无际的林海
我想让林海与林海连接在一起

我想让塞堪达巴罕与呼伦贝尔、
巴彦淖尔、乌兰察布、阿拉善、
科尔沁连接在一起

我的目光再也收不回来
收不回来就让它镶嵌在天边
替人类去还滥砍滥伐的债

六

伫立在河的源头
我布满旅尘的身体拒绝沐浴
我宁愿用青草擦去全身的污垢
犹如树叶沾满的花粉

一队马群飘忽驰过
我飞身追赶
我想与它们为伍
我想以双手的温热
梳理马儿飘逸的长鬃

像父亲对待儿子
又像母亲对待女儿

仁立河的源头
我要认清自己的属性
在这一片高原
这是我唯一能够征服的高度

我不屑与鹰比肩
哪怕我的双翼也能生出
凛冽的寒风
在太阳久久彷徨的峡谷

我看到了激越的水流

它们来自积雪的融化
来自于黎明敲碎的燧石
与我这位灵魂被放逐的诗人
一起
尽情地默享大自然的恩赐

七

如果花儿可以穿越层层气流
呼啸而上
就把花蕊交给深谷

如果花园里的杂草可以
漫无边际地生长
就把草籽交给天空

如果海洋的源头可以
出自云的故乡
就把一棵树交给大海

如果光明的花瓣可以分娩
出搏动着心率的金属
就将它打造出一座可以
照耀未来的灯塔

如果能把一座座绿水青山
搬到每一个塞堪达巴罕人的家里
那么、带刺的天空
就能长满绿草和玫瑰

八

森林开始像天边的白云一样
汹涌而来

又好像大海的波浪
它们似无边无际的盐的
构造图
升高着下沉着

我来到牛群的边缘
我来到羊群的边缘
这里的林业与牧业如火如荼
造林的道路四通八达

一位游客的来访
不能说明什么
无数个游客像无数头牛羊
爱上一棵树
不能说明什么
爱上无数棵树
就能将这里变成无数个生命
洋溢的海洋

这里有更加宽阔

的河流的源头

我在茂密葳蕤的灌木丛中

寻找最初的梦想

寻找塞堪达巴罕

最早的神话

火山岩的牙齿

兀鹰的晨曦

遗失的城堡

搁浅的鲸鱼的骸骨

激流冲刷的崖壁

恐龙的群山

黄金指引的方向

白银忽闪的翅膀

堆积如山的松枝

篝火遗留的灰烬

九

在山谷我聆听着雾霭的荒凉
即使是在风雨中
也有宁肯老死于斯的老牛
相伴
我以无比激动的震颤的心灵
在这里守候

守候一群飞鸟
守候风雪夜归的牧民
有时鸟鸣也会让我着迷
也会让我在黄叶落满的山坡
掏空自己的身体

我想这鸟鸣也和河流的起源
一样纵横交错
自高处飞流而下

带着自己血红的原野
和晶莹剔透的祖国

没有什么可以让我停歇
我永远流动的手指像泉水
像溪流
有时是那么的沉重与孤独
但这也决不是让我停歇
下来的理由

一切的一切都在昏暗中
等待着
等待着日出和日落
等待着苞米和孤零零的岩石
等待着阴山深处那一阵
砭人肌骨的寒风

十

高举着时间和空间
高举着秋季的风沙和冬季
的大雪
将头颅和灵魂高高地昂起
让钢铁与春天一起
以人民的名誉
为这片伤痕累累的土地
疗伤

四肢驱动远胜于四轮驱动
杂草和野藤也能引起高度关注
我们的所听所见
并未掩盖所有的真相
从云图俯瞰
那一层层幽深的碧绿
仿佛无数只雄鹰翱翔天际

天似穹庐、笼盖四野

你严密的盾甲

卓越的遮阳镜

留下来、塞堪达巴罕色钦

留下来、鸿篇巨制的作品

留下来、人类史无前例的肖像

用石头、用土坯砌起层层的梯级

十一

是谁抓住了稍纵即逝的闪光

是谁吹响了雷鸣般呼啸的北风

是谁在坚硬强劲的冰凌上

凿出钢钎的印痕

在地质的冰层中

我们经历过黑暗

并且这黑暗又是何等的漫长

让我们甩掉纠结于身的绳索
让我们从石头里取出火种
让我们向春天索要绿色

哪怕是悬崖
哪怕是风暴
哪怕是幽暗的虎穴
我们也将勇往直前、义无反顾

我看到了一个又一个身影
那是一万个男人、一万个女人的
身影
我看到了绿叶
那是百万棵大树、千万棵大树的
绿叶

十二

古老的亚细亚高原的风

从林莽中吹拂

塞堪达巴罕、北中国这片巨大

的肺叶

高扬着炽烈的庄严和肃穆

三代造林人前仆后继

群鸟重又飞回

隐曜的星辰重新闪烁

茁壮的大树又一次顶住了

突然压下的乌云

悠扬的旋律奏起

顽强的野果和亘古不变的语言

一样坚定有力

除此、我还能给予你什么

是无怨无悔的爱

是博大宽广的胸怀

是信念与火焰的燃烧

超
验
者

请给我以呼喊的力量
请给我以希望的金属
请给我以火山的血脉
请给我以奉献的绿色
谨以此构成整个塞堪达巴罕永不
熄灭的燧石
和整个民族的脊梁

2017 年 10 月 19 日草，20 日改

我要把裤子脱下来好好洗一洗

沾染的尘埃太多
沾染的污秽太多
沾染的色情太多

我要把它脱掉摁在水里
我要把它放在搓衣板上狠狠揉搓
直到揉搓出罪恶的泡沫

我还要把它放在太阳下暴晒
直到晒出月光、晒出花朵
晒出蓝天白云

这样当我再次穿上它时
就可以抵御尘埃、抵御污秽
抵御享乐、抵御奢靡
甚至抵御浪漫

深秋　去往香山的途中

当天空中布满乌云时
雾霾也会出来捣乱
红叶在朦胧中令人炫目
去往香山的路已被堵死

此时去赏红叶的人都是心灵美好
的人
他们坐在车里摆弄着手机
不再关注路况、如此淡定

染满红叶的秋风从香山吹下来
像一群久未回家的寄宿生
学习生涯结束
我不知道知识与风景之间还有多少
感官的距离

正像在这堵死的路上
我想着会有一些意外的收获

比如对一个人的真诚和对某些风景的真诚

情况如有变化
我们能否保持着足够的理性与聪明

频率与共振

据说频率愈接近的人
愈会随着共振逐渐走到一起
哪怕是两只刺猬也是如此

当你的钟声响起的时候
我的钟不敲也会响

这一生我经历了与父母的共振
与妻子儿女的共振
与兄弟姐妹的共振
与春天、与夏天、与秋天、与冬天的共振

如今我正在经历与诗歌与你的共振
我把你看作一只可爱的鸟儿
总想握紧你，但真的握紧了
我也会在你的窒息声里死去

杂诗十二节

一

昨夜大醉
醒来发现酒瓶仍在酒柜上
而酒却没有了
我抓住酒瓶大喊：酒哪里去了
酒哪里去了！
而酒瓶却像一副被掏空的臭皮囊
它不但失去了酒、连灵魂也失去了
正像我本人、肉身尚在
而内核却不知去了哪里

二

生命一旦失去、便不再保有温度
仿佛冬日清晨的枯枝
闪着朝露的亮光却冰冷而僵硬
渴望被抚摸照料

而冷风不这么想、风蚀残年的城堡不这么想
宇宙的部落地球不这么想
松树下跌落的松籽
正一粒粒地被时光收走

三

风撕乱了我的衣服和头发
这肯定是一件非常久远的事物
或者是冬天的一把火苗
吞噬着我的果园吞噬着我的木屋
我们虽历经磨难但身体尚有温度
记忆会模糊、鲜花也会凋谢
而我们头顶的清泉不会熄灭

四

有事无事戏都要再演下去

该发生的必然发生
舞台就在这里像女人的首饰盒
天空隐晦不见得非要下雨
紫丁香是山谷永不停歇的歌声
酒瓶被摆在书架上显然是放错了
位置
机器人是人类的衍生物
同时也衍生了光、衍生了风雨

五

自己都说服不了自己
我在通往诱惑的道路上又前进
了一步
如果再走一步、我不知道是幸福还是痛苦、抑
　或是深渊
我只能保持一种出生的姿势
等待着一道题解、告诉我最终的

结局

六

"半壁见海日，空中闻天鸡"
李白的名句使我这个恐高症者
不寒而栗
我踯躅在低矮的山中
将恐高的秘密隐藏在灌木丛中
唯恐有人过来将它搜走
像随手丢弃的一个烟头
其实我绝无制造灾难的意图

七

在云雾缭绕的山径行走
我总觉得身后有无数个自己在盯梢自己
有时自己也会把自己看作幽灵

喊一嗓子就会有无数个回声

在空无一人的时候

我突然觉得像是在另一个星球上

行走

此时我不关心生死、只关心天气

八

克服一场灾难比制造一场灾难困难

正像寻找一场痛苦比寻找一场幸福容易

在雨天我们等来一个送伞的人

这需要多少赞美

正像高高的水塔里需要多少雨水

才能将它灌满

而下水道搜集的都是罪恶

这又需要多少诋毁

九

人被创造出来
只是为了证明自己的荒诞
神被创造出来
只是为了证明自己更加荒诞
语言被创造出来
只是为了证明世间只有赞美和诋毁
我被创造出来
到目前为止除了赞美和诋毁
我还没有学会第二种生活方式

十

有人要告诉我一个哲学问题
我说：研究哲学的人都是神经病
有人要告诉我一个伦理学的问题
我说：研究伦理学的人都是伪君子

有人要教我诗歌怎么写
我只说一个字：屎！

十一

让能承受或不能承受的都压过来吧
让鹰在碧绿的草丛中结网
让鱼代替鹰在空中飞翔
让女妖代替天使统治男人压榨男人
让蛇代替龙盘踞着天空
让猴子代替大象盘踞着雨林
与鼬鼠做爱生出狮子
与女巫做爱生出人猿
让我们重归一次茹毛饮血的时代

十二

我试图找到一扇克服痛苦的门

但上穷碧落下入黄泉也没有找到

如果生就是痛苦的代名词

那就去死吧

我在山里死、我在海里死

我在风里死、我在雨里死

我在闹市里死、我在幽静里死

一个垂死的人突然转身

瞪着一双死亡的眼睛

我连死的想法都死去了

福州三坊七巷

我穿着从北京飞来的皮茄克

走进了三坊七巷

脚步陌生而散乱

在满是 T 恤游动的街巷真是个另类

寒潮已在北方肆虐

而太阳在三坊七巷的上空依旧发出浓密的火芽

水榭戏台上飘来的古乐声

像在娓娓叙述着它的沧桑

洗尽铅华、一碗花生汤就足够了

我把皮茄克卸下来拎在手上

感觉它比这里的亭台歌榭还要沉重

买一把牛角梳理一理凌乱的头发

随着飞越头顶上的一声鸟啼

随着"谁知五柳孤松客，却住三坊七巷间"的

　　一句古诗

超
验
者

把心灵以及这里尘封的部分全部
打开

2017 年 11 月 6 日

福建土楼

夯土筑楼　以杉木、松枝、竹片为
墙骨
先把自己围起来是个好主意
世界充满无限的风险

（正像是美国人误认为的核弹发射井，多么荒诞
　的间谍卫星）
豹子老虎无法抵御
即使一头孤狼也能把孩子叼走

天空中乌云密布
土楼内躲满避雨的人
也躲进了深恐被闪电击中的歹徒
族谱道出了家族的源流

早年在中原大地落荒逃难的人
如今都成了土楼的主人
挑檐上落满了鸽子

荔枝树结满了露珠

子孙们大都去了南洋
内院的花岗岩上长满了青苔
偶有还乡的人嗅着炊烟归来
围着火炉品茗叙旧

看门外裸露的树根盘根错节
一只花猫不知从何处突然跳落院中
树叶被惊得飕飕作响
像一阵风被锁进四周的群山里

2017 年 11 月 8 日

在 G5305 高铁上

窗外的茶树飞速闪过
它们显得非常匆忙
很多时候，生活确实如此
福州开往厦门的 G5305 高铁穿过
隧道，如同穿过针孔的长线

它在缝着大地的辽阔
更多的时候是穿过苍茫的群山
带着乌云的缝隙中偶尔出现的一缕阳光和浪花
带着雨丝慢慢划过的倩影

运动是万物的存在方式
此外别无长物
而忧郁的眼睛能够看到的只是车窗外飘忽的阵雨

不如转身让曲折穿过远近的山峰
抵达正午时分金田黄的梦境和悠然品茗者的茶坊

超
验
者

认识到真正的自己或者一些具体的事物
要使短短一小时的车程把一切事物从头再来一遍
这对人生而言
似乎不是一个远近的问题

厦门短章

一　鼓浪屿

不要在旅游旺季来登岛
不要在有台风的季节来登岛
请记住我善意的忠告
不然你不但要折煞在人声鼎沸里
还要折煞在大海狂躁的梦魇里

二　南普陀寺

五老峰高过南普陀寺
海风高过五老峰
求仕、求财、求姻缘
人心高过海风
在这里、阳光炽热
依然高于一切

三　白鹭的叫床声

除了做爱时的叫床声悦耳动听
其余大部分时间都是那么优雅
而沉静
包括被选为厦门市的市鸟
登台领奖时、也是那么优雅而沉静
在碧海蓝天的映照下虽仪态万方
却行事低调、不事张扬

四　凤凰树

满树花红似火
与朝阳做伴、与夕阳做伴
与千里迢迢的游客做伴
可以接风洗尘、可以驱散淡淡的
闲愁
凤凰树生长在哪里

哪里就灌满鹭岛的海风

叶如飞凰、落在哪里

就有人间萌动的春色

五　三角梅

虽在初冬、我却被满眼的春光撞了一下腰

遍地的三角梅姹紫嫣红、热情奔放

这种藤状灌木、在厦门享受着高贵的尊荣

一年四季的花期

正掠走我藏匿在时光里的秘密

六　胡里山炮台

大海啊　得汇集多少惊涛骇浪

才能换来你一阵阵隆隆的炮声

花岗石的骨架、以乌樟汁拌石炭、

糯米、泥沙夯筑而成、坚固异常

上架十九世纪让敌闻风丧胆的
克虏伯大炮
但它并未让大清帝国江山永固
落日浑圆、海浪拍打堤岸
对岸鼓浪屿的教堂上十字架高高
耸立
不知从何处飘来的琴声
仿佛来自大海的琴键

在泸州　喝完一瓶1573 后想到的

喝完一瓶 1573 后我才发现
在泸州两江边那些低矮的山中
蕴藏着我太多的心事和秘密

一个人要把一座城市的历史全部掌握
这确是一件很难的事情
但说起酒来又不算太难

这需要满山的红花与绿叶给自己
找到一个替身
满脑子的白云和酒窖的芬芳在蓝天上飘舞

我能有幸与阳光和四周遍地的高粱做伴
仿佛在另一个行星上行走
对于那些受到邀请的人和不请自来的人
一场诗酒的盛宴就足够了

1573 的窖池能发酵出全部酒的历史
这才是整座城市的真相
一瓶酒下肚就能激起我的赞美之声
其实未必是件好事

其实生活是美好的
喝酒更是美好的
喝酒之后、如果再能撞击出一些
爱情的火花就更加美好了

在这里　我身边的榕树、桉树是我的
蓝天白云是我的
就连飞越我头顶上的鸟鸣也是我的
你还真的不要说我大言不惭

因为一瓶 1573 的缘故
就连那整座的"中国第一窖"也是我的

即使在醉眼蒙眬中我依然看出

玻璃是固体的闪电

酒是液体的闪电

就连这所有的闪电也是我的

2017 年 11 月 15 日

第五辑

解散那一片鬼影幢幢的楼群

听说你已抵达爱琴海

听说你已抵达爱琴海

听说你已抵达蓝宝石的梦境

听说你已在爱琴海掀起一场风暴

听说你已把梦境和风暴都变成一个巨大的虚空

能够掀起爱琴海风暴的只有你了

能够请下奥林匹斯山的诸神的

只有你了

用它数千年集聚的文明和宗教

制造太阳神、制造月亮神

制造几何学的图案

制造柏拉图、制造苏格拉底

制造亚里士多德、制造阿基米德

在雅典娜种下的橄榄树下

听夜莺的歌唱、听爱琴海的琴声

超
验
者

爱琴海的琴声让盛怒的波塞冬恢复平静
爱琴海的琴声让善嫉的赫拉心生宽容
爱琴海的琴声让阴郁的哈迪斯得到开心的笑容

把曲折的海岸线无限制地拉长
我看到一杯中国红茶在晶莹剔透的水晶玻璃背后
飘荡着云雾
散发着浓郁的馨香

神秘的船队

船队　神秘的船队
今夜　你要穿过那道岛链吗
除非你要打碎那束缚已久的枷锁
我的风帆摇荡着白昼的负载

我的双眼被辽阔的穹天所灼
星宿孤微而途穷
我迷茫于太阳的羸弱
像老者混浊的双目

而火焰是那么的嚣张
它燃起的是滔天的巨浪
是薄雾冥冥的海岸
只要我还活着
我就决不会与这涯岸分离

这披着霓裳羽衣的涯岸
这被海水打湿的玉体

超
验
者

岬角里献出贞洁的女神
那闪烁着万道光芒的星星们的思想
我的神秘船队的黄金的国度

2018 年 2 月

面对连日隐晦的天空

世事微妙风雨无常

谁能未卜先知料事如神

谁准确测量出起点到终点的距离

该做的事和不该做的事

像浪花和树叶一样多

我们该留在房内藏在羽翼下

还是迎着风雪走出房门

死亡总是人类最好的记忆

它无处不在充满着想象

北风呼啸、风中到处是拆散的公寓

雪花落在火苗上

好给大地和冤魂留出更多的辽阔

枯枝的隙缝被暮色灌满

远处苍茫的楼群里鬼影幢幢

"解散它,解散那一片楼群!"

失去家园的人高声呼喊

声音穿越宽广的时空、并带着它白色的花悼念
　死者
乌云永远擦不亮天空
正像雨水永远洗不去脚下的泥泞

醒来吧，兄弟！
在那隧道的尽头唯有一丝亮光
忧郁的天地依然隐晦
垂死者留下图画、留下大海
用他身后聚集的力量把巨浪推向
风雨如磐的海岸

长期以来　我被
一种拒绝折磨着

一秒就能拒绝一件事物
一秒钟同样也能接受一件事物
神告诉我们什么是肯定，什么是否定

但在神未创造出来之前
谁又能知道什么是肯定之肯定，否定之否定？
有时只是为了证明一下自己的存在
证明一个好天气或一首好诗歌

为了证明山里开满的花朵与海里开满的花朵不
　　属于同一种性质
但生与死确是同一种性质
最起码是属于事物的对等的关系

赞美与诋毁是相同的
尊重与鄙夷也是相同的
我们从一开始就偏离了方向

超
验
者

我们留下来只能证明所有的忙碌
只是徒劳

房间里有滴水不漏的灯光
房间外有水泼不透的夜空
房里房外不属于同一类事物
记忆和联想不属于同一类事物
正像绘画不同于雕塑，书法不同于
题词
尽管它们都同样依附于墙上

2017 年 12 月 19 日

失眠的平安夜

西风吹来平安夜，使鲽鱼上树筑巢，飞鸟并不介意
深蓝色的天空也不介意深蓝色的大海
海水收留蓝翅膀的食鱼鸟

苍鹰俯视的目光掠过群山
余光带着闪电潜入深谷
九只驯鹿拉着雪橇在天上飞翔
烟囱保持顺畅，好孩子的袜子挂在床头

壁炉旁的圣诞树敞开怀抱
而此时我却远离人群
像一条穿过林莽的蝮蛇
借用修女的子宫宿营

我梦见了白雪，梦见了雪练般燃烧的肌肤
在宫缩般的蠕动中分娩出了太阳
大地向远处的城市行注目礼

超验者

我惊诧于河流上的驳船搁浅在阳光的浅滩
我的血宁可生锈也绝不接受自由
弥撒从子夜开始午夜结束

众多的烟囱升起炊烟向天空致敬
无论明天进入什么季节
群魔如同黝黑的山影
把所有的河流驱赶进了阑珊的图圉

2017 年 12 月 24 日夜

新年第一天

正像每天的早晨，我看到的是背后堆积如山的睡眠
是晨曦撕开第一缕阳光的力量
时光的巨浪掀起的万物

让我在新年的第一天如何向万物
致意
如果把这种致意表达成新年发出的第一封邮件
我宁愿它是发给仍在蛰伏的小草
我宁愿它是发给仍在潜藏着绿色的
枯枝

我依然要赞美这样一个寒冷的早晨
中午也是寒冷的，下午、黄昏
乃至入夜皆荡漾着寒冷的涟漪
这是一种大兴安岭式的寒冷
却是一种无雪的寒冷

就像"柏拉图式的爱情"

超
验
者

爱情与爱情之间的段落蕴藏着亘古不变的残梦
需要付出惨痛的代价
像风帆，驶出这一天，一切皆坦途

超越国界，超越种族，超越信仰
又像是一本惊险又带悬念的小说
最初与最终，同样被关注

2018 年元旦草，元月 5 日改

北京　无雪的冬季

无边落木倾颓，以萧索的方式占据北方的太阳

只有寒潮没有雪

干燥的纬线让人病入膏肓

大海的水汽迎着猎猎的朔风

倾泻在祖国的腹地

纷飞的大雪代替了闪电

而北京，无雪的冬季

把枯黄的容颜留给冻僵的潮汐

冬猎的鱼儿被冻成了火焰

季节暗藏着玄机

不按常理出牌

风并未节俭人的欲望

缩紧脑袋竖起衣领

其实我并不知道在自己的身后

还藏着另一个世界的背影

2018 年 1 月 6 日

今冬 北回归线以北的往事

季节倒悬，纬度在计算着太阳的
角度
世界把目光转向东方
这里的季风被打磨成了钻石

海岬和半岛在跳跃中扩展
码头深陷海的泥潭
需要巨轮的牵引

时光从不回首读它的乐章
寒风一马当先，把它的妹妹白雪公主抛在身后

海有海的风度
但当某一个固定的时辰到来
它也会皈依佛门
并注定会有一场豪雨灌满所有的杯具和法器

白昼耸了耸肩膀

暮色摊开手掌包裹起落日
航船被勒令返航，航线遭涂改

离开北回归线已经很久了
纬线被一根根擦得锃亮
看来太阳是永远追赶不上了
那就追赶一下候鸟吧

候鸟啊候鸟
始终牢记着一个回归的日子

2018 年 1 月 11 日

北京 向南方借一场大雪

看来北京要向南方借一场
大雪
冬季向南方延伸了三千里
大雪向北京后退了三千里
今冬无雪，那就向南方借

借三千两白银
开春还三千两黄金
树枝堆成冰封的海岸
根系藏于寂静的旷野

风擦干眼泪　皎洁的月光
不惜撕碎闪耀的火焰
阳光破土而出，海水身陷泥淖

破译发光的文字和季节的秘密
把立春当作射出去的箭

把萌芽当作一世的姻缘

在三千里冰冻的原野

我嗅出了青铜上的白鹤

海之曲

南方的榕树独居于我海边的蜗居

雨声攫住海岸，漫天水系来自最

原始的部落，珊瑚礁堆砌的城市

在赴一场大海的盛宴

海蟹竖起庞大的钳子，它要夹碎

海龟的盔甲

人类的婚纱要跟上雨水的步伐

像赤条条卧满沙滩的龙虾

它们匍匐着，随时准备加入与鲨鱼的战斗

而战争尚未开始便已接近尾声

歌唱吧，围绕着海的主题，歌唱吧！

急切的雨声，湍急的涛声

少女的歌唱替代着海上荡起的微风的歌唱

今 夜

今夜　我将无眠

今夜　我将沉醉于如魅的体香

像嵌入花蕊的蜜蜂

蜜蜂授粉

芬芳诱惑着盛开的妩媚

今夜　你是我唯一的王妃

海风带着它的渔火

住进我堂皇的宫殿

花颜失色而凌乱

花体鲜香而凄美

沉湎于双目紧锁的海岸

一场漫长的蹂躏在加重着沙滩的

肤色

常州东坡公园

大江东去，从赤壁黄州到常州的

这一段

是东坡早生华发的一段

在这里弃舟登岸

从此，江月被清酒洗濯得苍白

以古运河为浪花淘尽的风流

经过十一次莅临

终于选择它作为终老的江山

以至于使这里的每一朵牡丹

都奉献出一首绝唱

来时，大地上卷起的千堆雪

依然清晰可鉴

而园内的迎春花已经萌芽

同游的车前子、沙滩子、沙漠子

慧子、麦阁、秦土红

满脸绽放着迎春花的花絮

正构思着东坡遥远的蓬莱仙境

2018 年 2 月 4 日

午后偶遇

"此刻有谁在世上某处走

无缘无故地走"

世界的空，人生的空

抵不住再次偶遇你的空

想走着走着就能遇见你

在人海茫茫的午后真的出现了

烂尾楼的工程，荒芜的花园

正好映衬在你我曾经的情感下

此时我竟然想到：有时落日余晖不见得比蓝狐

拖曳的狐光高明

在荒凉的原野燃起的牛粪

玩起烟幕弹的游戏

两只懵懂的小兽也玩起一些小

把戏

以为是能够骗过妈妈的小诡计

从洞穴中走出再跑回洞穴
妈妈晃动着经幡
经幡曾代表着家的方向

枯萎的草场上我曾经闪耀的
黑眼睛已变得浑浊
而你曾经光滑的皮肤也从昏暗的
岩石上跌落

一群奔跑的孩子从身边迅速掠过
风中，你我之间的这次邂逅或者说偶遇
并未卸下我内心的荒凉

2018 年 2 月 5 日

撒哈拉沙漠的一夜

我在撒哈拉沙漠

等待着夜幕降临

等待着星星出现

一颗，两颗，接着几乎所有的

星星都出现了

照亮着沙漠

但它们几乎全体保持缄默

脚下的沙漠也是缄默的

那群精瘦的羊

那只耐饥渴的狗

全都保持着缄默

天空深蓝像被剥光的米伊花

的叶簇

蜥蜴出没，顺着沙丘疾走

导游安蒂的手在晃动

我轻轻抚摸贝都因小女孩的额头

额头发亮

瞬间照亮所有沙漠的阴影

叙利亚　请不要为我哭泣

从大马士革到伊德利卜
从阿勒颇到霍姆斯
从阿夫林、曼比季到代尔祖尔
不，我不要将你所有城市的名字
——罗列

从你纵深处的沙漠乡村
到你地中海沿岸冰冷的沙滩
一簇簇绽放的血肉比肉色罂粟鲜艳
鲜艳得让人惊心动魄

花瓣般的生命瞬间消亡
没有葬礼，也没有祭祀
叙利亚的天空被铁鹰牢牢地占据
鸽子早已飞绝
燕子早已飞绝
就连麻雀也早已飞绝

绿色本来象征着和平的颜色
也是穆罕默德的子孙喜欢的颜色
如今被晾在了叙利亚国旗的一角
它的花萼溢满鲜血
那鲜血充满幼发拉底河的漩涡

红色缀满在那国旗的一角
据说它象征着勇敢
而勇敢与盲从往往是一对孪生兄弟
白色，那象征着纯洁与宽容的白色哪里去了？

黑色，穆罕默德赢得胜利的颜色
一只鹰，一只昂首展翅的鹰
已经飞走
夜色迷蒙，大马士革，那座被誉为"天国里的
　　城市"的地方
曾经住满了阿拉伯人，亚述人，库尔德人，亚
　　美尼亚人

也曾经是诗人和歌手常常聚会联欢的圣地

塞姆人的子孙，腓尼基人的子孙
赫梯人的子孙，帕尔米拉人的子孙
汹涌的海水托起了绚灿的彩虹
从"阿拉伯之春"到"颜色革命"
突然，在倾泻而下的云雾间
在斑驳倾圮的古城堡
死魂灵纷纷飘落

石器上的肉芽，钢铁上的血
月亮晃动的星座，沉船上的珊瑚
白昼湍急的水流和橄榄
夜晚迅疾的风暴和玫瑰
萨拉丁死了，费萨尔死了
哈菲兹·阿萨德也死了

古老的月光在美索不达米亚平原

酝酿铁和血的盛宴
用盛产的铜、石油和磷灰石播撒的仇恨和死亡

夜的物语纵情妩媚，纵情毁灭
含着叶的茎，花的枝，亡灵的躯体
拖拽着摇晃的烛光
进入残冬刺骨的伤口
鬼魅不分昼夜地哀嚎

俯卧浅滩的幼小的花朵
强烈地刺激着世界的神经
溺毙于双目紧锁的花香
这个世界已经拒绝怜悯和沉默

从地中海的此岸到彼岸
中间隔着无数个时光和波浪
从梧桐树到橄榄树中间隔着无数个季节和星辰

超
验
者

每个夜晚都有无数个死亡

被封闭在每扇漆黑的窗口

如果母亲此时被禁止哭泣

那么我会用高于哭泣一万倍的呼吸禁止风和大地

如果母亲此时被禁止哭泣

那么纵使我跳进一万条河流

也无法阻止那纷飞的泪水

留一条生的通道

今夜　让生者的脚步在这里响起

留一条生的通道

今夜　让初生婴儿的阵阵啼哭

惊响在世界的每一个角落

从大马士革到伊德利卜

从阿勒颇到霍姆斯

从阿夫林，曼比季到代尔祖尔

今夜　我将用自己夜莺般的梦想

用一首小诗把你战火纷飞的土地
变幻出我歌舞升平的祖国
纵然是要诀别最后的花朵
我也决不拒绝那迟到的晨曦

2018 年 2 月 28 日夜

图书在版编目（CIP）数据

超验者 / 刘剑著 . -- 北京：作家出版社，2018.11

ISBN 978 - 7 - 5212 - 0275 - 5

Ⅰ. ①超…　Ⅱ. ①刘…　Ⅲ. ①诗集 - 中国 - 当代

Ⅳ. ①I227

中国版本图书馆 CIP 数据核字（2018）第 262290 号

超验者

作　　者：刘　剑

责任编辑：田小爽

装帧设计：祝玉华

出版发行：作家出版社

社　　址：北京农展馆南里 10 号　　邮　　编：100125

电话传真：86 - 10 - 65067186（发行中心及邮购部）

　　　　　 86 - 10 - 65004079（总编室）

E – mail: zuojia@zuojia. net. cn

http: // www. haozuojia. com（作家在线）

印　　刷：中煤（北京）印务有限公司

成品尺寸：152 × 230

字　　数：32 千

印　　张：11. 25

版　　次：2018 年 12 月第 1 版

印　　次：2018 年 12 月第 1 次印刷

ISBN 978 - 7 - 5212 - 0275 - 5

定　　价：35. 00 元